PROGRAMME

DE L'OPERA

DE

DEUCALION ET PYRRHA,

Exécuté au Concert des Ecoles gratuites de
Deffein, le 29 Avril 1772, dans la Salle
du Wauxhall de la Foire St. Germain.

A PARIS,

Chez P. Fr. GUEFFIER, au bas de la rue de
la Harpe, à la Liberté.

M. DCC. LXXII.

DEUCALION

ET PYRRHA.

Le fujet du Poëme eft tiré du premier Livre
des Métamorphofes d'Ovide.

ACTE PREMIER.

SCENE PREMIERE.

*Le Théâtre repréfente les campagnes de la Theffalie
défolées par les orages.*

CHŒUR DES PEUPLES.

Dieux terribles appaifez-vous,
Ne détruifez pas votre ouvrage.
Détournez cet affreux orage,
O Jupiter, épargnez-nous!

A ij

SCENE II.

Typhon, Chef des Titans, s'adresse aux Peuples.

CALMEZ vos inutiles craintes,
Que servent vos vœux & vos plaintes?

CHŒUR DES PEUPLES.

Vos mépris pour des Dieux jaloux
Ont armé le Ciel en courroux.

TYPHON.

Il frappe moins qu'il ne menace.

LE CHŒUR.

La mort est moins que la terreur.

TYPHON.

Quelle lâche frayeur vous glace?

LE CHŒUR.

Quel secours avons-nous dans l'excès du malheur?

TYPHON.

Un seul; c'est l'excès de l'audace.

SCENE III.

LYCAON, Roi de Thessalie, & TYPHON.

L'orage continue & le tonnerre se fait entendre.

LYCAON a Typhon.

Chef des invincibles Titans,
Souffrirons-nous ces défis insultans ?

TYPHON *s'adresse au ciel.*

Usurpateur des Cieux ? Jupiter, tu nous braves,
Des Mortels, dans l'effroi, tu te fais adorer.
La crainte les rend tes Esclaves ;
C'est à Typhon de les en délivrer.
Oui, je renverserai cette vaine puissance.
Je saurai dissiper une aveugle terreur :
J'établirai l'indépendance
Sur les ruines de l'erreur.

Typhon rappelle que Jupiter s'est emparé des cieux, qu'il en a chassé les Titans, qu'il a relégué Saturne aux enfers ; Lycaon partage ses ressentimens. Typhon lui propose de se joindre à lui, promet de lui abandonner l'empire de la terre lorsqu'il sera maître des cieux. Lycaon lui marque sa reconnoissance, assure Typhon de sa fidélité & demande pour gage de cette union que son fils Deucalion épouse Pyrrha, fille de Typhon.

Le Prince des Titans consent à cet hymen. Dans ce moment on apperçoit Deucalion & Pyrrha qui s'avancent, tendrement occupés l'un de l'autre ; Typhon s'adresse à ces jeunes amans.

TYPHON.

Jeunes amans apprenez nos projets.

Vos vœux vont être satisfaits,

Nous unissons nos destins & nos armes,

Et vous pourrez bientôt, aux plaisirs les plus doux;

Mêler ceux de la gloire, en partageant les charmes

Que la vengeance aura pour nous.

SCENE IV.

DEUCALION, PYRRHA, & les Acteurs de la Scène précédente.

DEUCALION & PYRRHA à Typhon & à Licaon.

AH! quel bonheur vous venez de répandre

Dans nos cœurs que l'amour brûle des mêmes feux!

Quel charme de céder au penchant le plus tendre,

Et d'obéir aux loix qui nous rendent heureux.

Vous unissez nos destinées !

Qu'elles vont être fortunées !

Nos vœux & nos soins les plus doux

Vous rendront tous les biens que nous tiendrons de

vous.

PYRRHA à T<small>YPHON</small>.

Mais, vous parlez d'hymenée & de guerre,
Méditez-vous les malheurs de la terre?

TYPHON.

Nos projets font plus glorieux,
Pour fervir les Mortels, nous attaquons les Dieux.

DEUCALION.

De leurs dons précieux oubliez-vous les charmes?

TYPHON.

Je connois leur mépris, & je vois les allarmes
Que répandent ces Tyrans.

PYRRHA.

Ah! fi vous connoiffiez le Dieu qui dans nos ames
A verfé le bonheur en y portant fes flâmes,
Vous les verriez tous bienfaifants.
Ils prodiguent à la nature
Ces dons, ces attraits renaiffans;
Ces fruits, ces fleurs, cette verdure,
Cette beauté touchante & pure,
Qui ravit les tendres Amans.
Et vous nommez ces Dieux tyrans?...
Ah! fi vous connoiffiez, &c.

TYPHON & LYCAON.

Non, non, la gloire & la vengeance
Sont les feuls Dieux dignes de nous.

Pour les cœurs fiers l'indépendance
Eſt le plus grand des biens & les renferme tous.
Non, non, &c.

Les Princes projettent d'intéreſſer dans leur entrepriſe les Puiſſances de l'enfer ; ils promettent de leur ſacrifier des victimes humaines, tandis que Deucalion & Pyrrha, qui frémiſſent de cette promeſſe, s'efforcent de les détourner de ces cruautés : on amene deux Etrangers ; ces Etrangers ſont Jupiter & Apollon, deſcendus des Cieux & traveſtis pour éprouver Typhon & Licaon. Ils expoſent qu'un naufrage les force de chercher un azyle. Typhon ne voit en eux que des victimes que le hazard amene ; il déguiſe ſes ſentimens aux yeux des Dieux, qui les pénétrent. Il en fait part à Lycaon, & ces Princes ſont conduire les Etrangers à leurs Palais. Ils quittent auſſitôt la Scène, pour annoncer à leurs ſujets le mariage de Deucalion, la guerre qu'ils préparent, & les ſacrifices qu'ils ont promis. Deucalion & Pyrrha s'attendriſſent ſur le ſort des malheureuſes victimes.

SCENE

SCENE VII.

PYRRHA.

Récit obligé.

Tout rempli des douceurs de notre deſtinée,
Nos cœurs du Ciel propice éprouvant la faveur,
A ces apprêts charmans du Dieu de l'hymenée,
 Se livreroient aux tranſports du bonheur...
Et voilà tout à coup que les haches ſanglantes
  De ces victimes innocentes,
Feroient jaillir le ſang ſur nous, ſur les Autels!
O Dieux!... Et ſi toi-même à ce ſort effroyable...
Si notre juſte horreur leur paroiſſoit coupable...
  Culte affreux!... barbares mortels...

ENSEMBLE.

Dieux qui les gouvernez, conſervez ce que j'aime,
  Et que votre pouvoir ſuprême
  Protege & prolonge ſes jours,
Pour être aimé ſans ceſſe, & pour m'aimer toujours.

DEUCALION.

Suſpendons, s'il ſe peut, cette Fête inhumaine.
A des infortunés dont on proſcrit les jours,
  Offrons notre ſecours,
  Et ſoulageons leur peine.

Prêts à exécuter ce projet, ils ſont retenus par les jeunes

B

Theſſaliennes , qui viennent les féliciter ſur leur hymen, & leur offrir des préſens. Les jeunes Theſſaliens, qui ont appris que la guerre s'apprête , paroiſſent à leur tour avec l'appareil guerrier , ſur une marche plus caractériſée ; enfin , les Corybantes viennent avec les Princes & les Titans , pour accomplir le ſacrifice & l'hymenée ; on dreſſe un Autel , & le Chef des Cory- bantes s'adreſſe aux Princes.

L<small>E</small> CHEF <small>DES</small> P<small>RETRE</small>S.
Où ſont les victimes humaines ?

LYCAON.
Deux inconnus ſuſpects ont porté dans ces lieux
Leurs pas audacieux.

L<small>E</small> CHEF <small>DES</small> P<small>RETRE</small>S.
Qu'ils ſoient chargés de chaînes :
Qu'ils ſoient immolés à nos Dieux.

DEUCALION.
Eh ! Quel Dieu peut rendre propice
Le ſang verſé ſur vos Autels ?
Quels crimes ont commis ces malheureux mortels ?

LYCAON.
L'Enfer attend un ſacrifice.

PYRRHA.
Le Ciel défend qu'il s'accompliſſe.

On amene les Dieux enchaînés. Ils demandent aux Princes quels droits ils ont ſur leur deſtinée ?

TYPHON *répond.*

La force & la néceſſité.
A nos Dieux il faut des victimes.

APPOLLON.

Ceux qu'on doit honorer ont en horreur les crimes.

TYPHON.

Saturne a réglé votre ſort.

JUPITER.

Saturne a perdu ſa puiſſance.

TYPHON.

L'Enfer preſcrit la mort.

LES DIEUX.

Et le Ciel la vengeance.

LES PRINCES.

Frappez, & qu'ils ſoient immolés.

Les Sacrificateurs levent la hache , les Dieux rompent
leurs fers, s'élevent dans les Cieux , ſe font connoître.
Les Princes les menacent & leur déclarent la guerre.
Deucalion & Pyrrha ſe proſternent pour les calmer.
Les Dieux leur promettent de les protéger. Cette
ſituation occaſionne un quatuor contraſté, mêlé avec
les Chœurs.

TYPHON & LYCAON.

O rage , ô fureurs légitimes !

à leurs Enfans.

Traîtres, vous implorez des Tirans inhumains ?

DEUCALION, PYRRHA.

Nous les prions de pardonner des crimes.

LES PRINCES.

Nos ennemis étoient entre nos mains.
O rage, ô fureurs légitimes !
Ils connoiffent nos deffeins.
Prévenons-les, courons aux armes.

DEUCALION & PYRRHA.

O malheurs trop certains !
O mortelles allarmes !

Les Princes, le Chœur des Prêtres, & celui des Guerriers.

Courons, volons aux armes,
Et décidons feuls nos deftins.

(*Ils fortent de la Scène.*)

Deucalion & Pyrrha mettent leur efpérance dans la protection que les Dieux leur ont promis, s'ils confervent leurs vertus.

ENSEMBLE.

Ne banniffons point l'efpérance,
Qu'elle renaiffe en nos cœurs abattus.
S'il eft des Dieux, l'amour & les vertus
Ne feront point fans récompenfe.

FIN DU PREMIER ACTE.

ACTE SECOND.

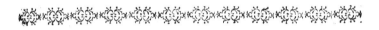

SCENE PREMIERE.

Le Théâtre repréfente une folitude agréable , ornée d'arbres & de fontaines ; on voit d'un côté du Théâtre le Mont Offa , qui s'éleve dans les Nues ; de l'autre côté , dans l'éloignement , les Grottes où le dieu Pan fait fa demeure.

PYRRHA , *feule.*

Objet de l'amour le plus tendre ,
Deucalion, où porte-tu tes pas ?
En ces lieux tu devois te rendre ,
Pyrrha t'appelle , & tu ne réponds pas.
Armerois-tu tes mains coupables
Contre les Dieux , maîtres du fort ?
Ah . . . de leurs foudres redoutables ,

Non . . . non, tu recevrois la mort.
Objet de l'amour, &c.

Il ne vient point . . . Il n'a pu se souftraire
Aux ordres d'un Tyran . . . . Hélas! il eft fon pere . . .
S'il ne l'arrêtoit pas l'aurois-je dévancé?
Non, je connois fon cœur . . . . Il eft fidéle & tendre
    Deucalion . . . . je crois l'entendre,
C'eft lui, c'eft lui, mon cœur me l'avoit annoncé.

SCENE II.

DEUCALION, PYRRHA.

DEUCALION.

O Pyrrha, Pyrrha, que j'adore,
Pour un inftant, les Dieux nous uniffent encore!
C'eft le dernier peut-être!

PYRRHA.

      Ah! je vois nos malheurs,
Ton pere & les Titans cédent à leurs fureurs . . .

DEUCALION.

D'une guerre impie & barbare,
Rien ne fauroit les détourner.
Le Peuple fe laiffe entraîner.
On infulte les Dieux, on s'arme, on fe prépare,
Et pour guider dans les combats,

Ces Guerriers que Typhon commande,
Mon pere près de lui prétend que je me rende.

PYRRHA.

Non, non, Pyrrha n'y confent pas.
Tu n'iras point, ou j'y fuivrai tes pas :
L'Amour t'a mis en ma puiffance,
Il ne reconnoit point d'injufte dépendance.
Tu m'appartiens, tu m'as donné ta foi :
Obferve tes fermens, ou je meurs avec toi.

DEUCALION.

Qu'exige-tu de ma foibleffe?

PYRRHA.

Ou la vie ou la mort, ton defir eft ma loi.

DEUCALION.

Et mon devoir?

PYRRHA.

Et ta promeffe?

DEUCALION.

J'offenfe & mon pere & mon Roi.

PYRRHA.

Oferois-tu trahir les Dieux & ta tendreffe?
Cruel.... je meurs.

DEUCALION.

Je cede. Un Dieu puiffant me preffe.

PYRRHA.

Répétons nos fermens.

DEUCALION.

Oui , Pyrrha , je promets
De ne t'abandonner jamais.

PYRRHA & DEUCALION.

Protectrices de ces ombrages,
Dieux de ces bois révérés,
Divinités de ces antres facrés ,
Charmantes Nimphes des bocages ;
Soyez témoins , foyez garants
De nos feux & de nos ferments.

Toutes les Divinités que les deux amants invoquent pa-
roiffent , au moment qu'ils les appellent ; elles les en-
vironnent , fans qu'ils s'en apperçoivent , & font
connoître leur préfence par un Chœur dont les fons
adoucis s'accroiffent. Les deux amants , avertis par ces
chants, fe trouvent au milieu des Divinités bienfaifantes.
* Hefiode , dans la Théogonie fait naître fous Saturne
des Nymphes Melis , intelligences fubalternes qui dif-
tribuent aux hommes les bienfaits de la nature, mais
qui ne jouiffent pas de la puiffance & des avantages
qu'ont les Dieux & les Déeffes qui habitent l'Olimpe.

CHŒUR DES DIVINITE'S.

Parfaits Amans , couple fidele
Dont la voix tendre nous appelle ;
Vous êtes dignes d'être heureux ;
Nous recevons vos fermens & vos vœux.

Un

Un SYLVAIN.

Nous confervons, dans ces charmans bocages,
Les vrais tréfors, les plaifirs les plus doux,
Et les mortels, pour être heureux & fages,
Doivent fe plaire à vivre parmi nous.

Une NYMPHE.

Si les foins, fi l'inquiétude,
Troublent votre cœur agité,
Venez dans cette folitude,
Vous y retrouverez votre félicité.

Le CHŒUR.

Parfaits Amants, &c.

Deucalion & Pyrrha marquent leur reconnoiffance aux
Dieux bienfaifants, & les infruifent de la guerre
qui fe prépare. Ils les prient de s'oppofer à ce malheur,
& de les défendre contre leurs ennemis. Une NYMPHE
leur répond.

Dans notre rang, le pouvoir eft borné,
Combattre ou nous venger paffe notre puiffance;
Et pour notre bonheur, la feule bienfaifance
    Eft le foin qui nous eft donné.

Ils confeillent cependant aux deux amants, de venir
avec eux confulter le Dieu Pan qui gouverne les Divi-
nités de la terre, & qui fait fa demeure dans les grottes

C

qu'on apperçoit. *Ils les menent vers ces grottes ; &*
tandis que la musique champêtre s'affoiblit à mesure
qu'ils s'éloignent, on entend, vers les montagnes, des
bruits de guerre qui annoncent l'arrivée des Titans, des
Princes & des Thessaliens armés.

SCENE IV.

TYPHON , *à la tête des Titans*, LYCAON, *à la*
tête des Thessaliens.

THYPHON.

Titans qui suivez mes loix,
C'est ici le champ de la gloire.
Animez-vous à ma voix ;
Au sommet de ces monts nous attend la victoire.

Après la marche & les premieres dispositions, Typhon
& Lycaon *s'avancent, pour évoquer les Dieux des*
Enfers.

Dieux des Enfers , secondez-nous.

TYSIPHONE *sort , armée de ses flambeaux , du*
pied de la montagne qui vomit des flammes.

TYSIPHONE aux Princes.

Non , craignez plutôt leur courroux.
Ils attendent ces Dieux jaloux ,
Ils attendent les sacrifices

Qui doivent les rendre propices.
Ils leur font dûs , vous les avez promis ;
Le fang peut feul expier vos mépris.
Qu'il coule en puniffant des fils qui vous trahiffent...
Dans cet inftant les perfides s'uniffent
A nos cruels ennemis.

TYPHON & LYCAON.

Vous commandez, Dieux redoutables ;
Vous ferez vengés des coupables ,
Rendez les Titans vainqueurs.

TYSIPHONE.

Divinités du Stix , Divinités terribles ,
Ne vous montrez plus inflexibles.
Venez, épouvantables fœurs ,
Venez triompher ; les malheurs
Vont enfin ravager la terre ;
Et jufqu'au féjour du tonnerre ,
Vous porterez vos horreurs.

SCENE V.

Les Furies & leur fuite fortent des Enfers pour fe joindre aux Titans.

CHŒUR DES FURIES.

Nous voilà prêtes à réduire
La terre en affreux déferts.
Nous voilà prêtes à détruire
L'ordre de l'univers.
A notre afpect que tout reffente,
Ou la fureur ou l'épouvante ;
Ajoutons à tous nos fléaux,
Inventons des malheurs nouveaux.

Au moment que les Titans s'apprêtent à efcalader le mont Offa, une mufique champêtre annonce Pan. Les Dieux champêtres, Deucalion & Pyrrha, qui s'avancent au milieu d'eux, dans le deffein d'appaifer la fureur des Titans : Deucalion & Pyrrha veulent par leur fou-miffion attendrir leur pere. Tyfiphone fe met entr'eux.

TYSIPHONE.

Puniffez la révolte, expiez votre offenfe.

PAN.

Ecoutez la nature, & craignez la vengeance.

TYSIPHONE.

Rappellez vos projets, rappellez vos ferments.

DEUCALION & PYRRHA.

Eh bien, immolez vos enfans,
Et n'efpérez pas les contraindre
A partager de coupables fureurs,
Qui pour vous caufent nos terreurs ;
Et dont vous avez tout à craindre.

TYPHON & LICAON, *plus offenfés, ordonnent qu'on les faififfe, qu'on les charge de fers, qu'ils foient traînés dans des prifons & gardés pour être facrifiés aux Dieux des Enfers, après la victoire qu'ils vont remporter ; (on les emmene) ; les Divinités de la terre repouffées par les Titans, s'éloignent, & l'attaque commence.*

Les Titans, les Theffaliens & les Dieux des Enfers efcaladent le mont Offa.

CHŒUR DES GUERRIERS.

Des Enfers rempliffons l'attente :
Lançons, lançons ce feu vengeur,
Et détruifons par la fureur
Des Dieux formés par l'épouvante.

Le Ciel s'obfcurcit, la foudre gronde fur les Guerriers ;

Jupiter paroît seul au sommet de la Montagne qui s'éclaire ; il foudroye les Titans, qui tombent renversés sous les rochers ; les Thessaliens fuyent ; les Dieux des Enfers rentrent dans les gouffres de la terre.

FIN DU SECOND ACTE.

ACTE TROISIEME.

SCENE PREMIERE.

Le Théâtre repréſente des rochers. Deux enfoncemens voiſins l'un de l'autre, offrent Pyrrha & Deucalion enchaînés ſéparément, ils ne peuvent ſe voir & ne ſavent point qu'ils ſont près l'un de l'autre. Pyrrha eſt évanouie.

DEUCALION, PYRRHA.

DEUCALION.

O Mort ! ne retiens plus ton glaive ſuſpendu.
 Le trépas eſt bien moins funeſte,
 Que l'exiſtence qui me reſte,
 Lorſque tout eſpoir eſt perdu.
Pyrrha *!* privé de toi j'expire.
Pere ïnhumain, pour mon martire,
Ne cherchez point d'autre tourment.

Votre cruauté nous sépare,
Et je péris lentement,
Est-il supplice plus barbare?

O Mort, &c.

PYRRHA sort de son évanouissement.
Où suis-je?... Quel pouvoir
Fait sortir mon ame affligée
Du néant où j'étois plongée,
Pour la rendre au désespoir!

DEUCALION à part & à voix basse.
Terme fatal où j'aspire!
Fais cesser mes malheurs!

PYRRHA, frappée de quelques sons qu'elle entend.
Est-ce une illusion?
Est-ce l'effet du délire?
Ecoutons... Je frémis... A peine je respire....

DEUCALION, d'un ton plus élevé.
Hélas!

PYRRHA, vivement & se relevant.
Ah, c'est sa voix! oui, c'est Deucalion...

DEUCALION.
Qu'entens-je? Est-ce bien elle?
Pyrrha?

PYRRHA.
C'est Pyrrha qui t'appelle.

Deucalion & Pyrrha s'élancent de toute l'étendue de leurs

leurs chaînes, ils *se voyent alors & ne peuvent en core*
se réunir.

PYRRHA *continue.*

O bonheur inefpéré !
Dans nos malheurs le deftin nous raffemble.
Je ne fuis plus à plaindre & tout eft réparé,
Nous fouffrirons du moins enfemble.

DEUCALION.

Toi, dans les fers! Pyrrha dans l'horreur des cachots!
O comble de mes maux !
Eft-ce là le bonheur qu'on daigna nous promettre?..
O Dieux, & vous pouvez permettre
Que de trop de vertu l'on ofe la punir.
Détournez fur moi feul le malheur qui s'apprête?
Que je meure cent fois !

PYRRHA.

Deucalion, arrête.
Ne forme point un vœu qui me feroit périr.
Mes malheurs ne font point extrêmes,
Tu refpires & tu m'aimes . . . .

DEUCALION.

O deftin, quelle eft ta rigueur !
O Pyrrha, quel eft ton courage ?
En partageant mon fort, tu calmes ta douleur,
Tandis que de tes maux la déchirante image
Met le comble à mon malheur.

D

On entend des bruits souterrains ; & dans l'éloigne-
ment les foudres qui achevent le châtiment des Titans.

DEUCALION continue.

Tout l'accroît, rien ne le soulage,
A ces ténébreuses horreurs,
Des bruits souterrains s'unissent,
Sous ces voûtes ils retentissent,
Entends-tu les éclats de ces foudres vengeurs ?

Pyrrha frémit, elle exprime ses craintes. Elles aug-
mentent par le bruit du tonnerre qui s'approche. Les
deux amans rappellent, en invoquant les Dieux, la
protection qu'ils leur ont promise ; un éclat du ton-
nerre éclaire les cachots, rompt leurs chaînes, & ils
se précipitent dans les bras l'un de l'autre.

DEUCALION dit dans ce moment.

. . . . Mes liens sont brisés ;
Je te rejoins . . . . les destins le permettent,

PYRRHA.

Ah! si je meurs, ce sera dans tes bras.
Les Dieux tiennent ce qu'ils promettent ;
Ils ne nous abandonnent pas.

Une voix céleste se fait entendre.
Fuyez ces cahos ébranlés ;
Sans défiance & sans murmure,
Cherchez une retraite sûre,
Loin de ces climats désolés.

PYRRHA.

Obéiſſons à ce céleſte oracle,
Soutiens mes pas chancelans.......

*PYRRHA & DEUCALION s'avancent. A
peine ils ſont éloignés des cavernes, que les rochers
s'abîment. L'on voit la terre inondée, les Villes à
moitié ſubmergées, les eaux croiſſent, & les flots
s'approchent.*

DEUCALION & PYRRHA.

Ah ! tout périt ! Quel terrible ſpectacle !
Quels cris !... quels gémiſſemens !

*Chœur éloigné, qui continue pendant une partie de la
Scène.*

Nous périſſons, déplorables victimes,
De Jupiter en courroux ;
Nous périſſons dans les abîmes,
Il n'eſt plus d'azile pour nous.

PYRRHA, effrayé de l'approche des flots.

L'onde s'approche & nous menace,
Nous ſommes pourſuivis par le flot irrité.

DEUCALION, craignant pour PYRRHA.

Deſtin cruel ! il n'eſt donc point de grace,
Pour les vertus & pour l'humanité !

*PYRRHA voit une barque que les flots approchent
du rivage.*

N'irrite pas les Dieux, échappons à la Parque.

(*Elle s'avance vers la barque*).

D ij

DEUCALION.

Hélas! qu'efperes-tu du funefte pouvoir
D'un deftin injufte & barbare?

*PYRRHA, que Deucalion avoit aidé à monter dans la
barque, eft entraînée à ces mots par les flots, avant
que Deucalion ait pu s'y placer avec elle.*

PYRRHA.

Deucalion.... Ah! le flot nous fépare.
O fort affreux! ô défespoir!...

DEUCALION.

O malheur! ô fupplice!... ô Ciel impitoyable!
De quoi fuis-je donc coupable?
Comment ai-je mérité
Cet excès de cruauté!
De quoi fuis-je donc coupable?
Elle s'éloigne : ô funefte avenir!....
Sans moi, Pyrrha, que vas-tu devenir?
Ah! fa voix plaintive m'appelle;
Elle prefcrit mon fort.
J'obéis, amante fidelle,
Je te rejoins dans le fein de la mort;
Peut-être l'attendrois-je encor?
Reçois-moi, terrible élément,
Et fi tu fais périr un malheureux amant,
Conferve, au moins, l'Amante qu'il adore.
Il fe précipite dans la mer.

FIN DU TROISIEME ACTE.

ACTE QUATRIEME.

Cet *Acte* commence par un *Ballet Pantomime*. Le *Théâtre* repréſente les hauteurs du mont *Parnaſſe*, qui n'ont point été ſubmergées. Dans le fond des *Vallons*, on voit au loin, le reſte des eaux répandues ſur la terre.

Flore & ſes compagnes, couchées ſur des pentes de gazon, paroiſſent ſans mouvement, accablées du malheur dont elles ont été témoins. Les *Zéphirs* & *Zéphire* à leur tête, deſcendent des côteaux; ils paroiſſent inquiets; ils cherchent *Flore* & ſes compagnes; ils les apperçoivent, ils s'empreſſent à les ſecourir, à les ranimer; elles reprennent le mouvement; une harmonie brillante annonce le renouvellement de la terre; & les *Divinités* bienfaiſantes qui s'étoient auſſi réfugiées ſur le *Parnaſſe*, deſcendent par les pentes de la montagne, pour ſe joindre à *Flore* & aux *Zéphirs*.

SCENE II.

CHŒUR.

RASSEMBLONS-NOUS dans ce féjour heureux;
Reprenons nos foins & nos jeux;
Rendons à la nature
Ses richeffes & fa parure.
Par fes foins amoureux
Zéphire anime Flore.
L'Amour qui les rejoint a redoublé leurs feux.
De leurs plaifirs, que de fleurs vont éclorre!
Raffemblons-nous, &c.

UNE NYMPHE.

Le fouvenir du malheur
Reffemble au fonge qui paffe,
Et la peine qui l'efface
Ajoute au prix du bonheur.

CHŒUR.

Raffemblons-nous, &c.

*Pan annonce que les Titans ont effuyé le châtiment que
méritoit leur férocité. La Nymphe demande quel fort
ont éprouvé les deux amants qui s'étoient adreffés aux
Divinités de la terre. Pan lui répond que Pyrrha a été
entraînée feule dans une barque fur les côteaux du
mont Parnaffe; qu'elle y eft defcendue, mais qu'elle a*

paru agitée d'un désespoir qui annonce qu'elle a perdu
pour jamais le repos & le bonheur.

La NYMPHE répond.

Ah! son amant n'est donc point avec elle?
Que sa peine sera cruelle !
Cœurs sensibles, plaignez ses maux.
Ils s'aimoient d'un amour si tendre,
Ils méritoient bien d'être heureux.
Amour , si tu trahis leurs feux,
De tes loix qui voudra dépendre !

SCENE IV.

On apperçoit Pyrrha qui descend du mont Parnasse
avec tous les signes du désespoir. Les Divinités
champêtres se retirent pour l'écouter , & Pan annonce
que les Dieux suprêmes vont décider du sort de cette
malheureuse amante.

SCENE V.

Pyrrha peint dans un Monologue l'état de son ame ;
elle ne peut vivre sans Deucalion. Elle veut remonter
dans la barque qui l'a amenée , dans l'espérance d'être
entraînée vers le lieu qu'elle a quittée, ou de périr. La
barque s'abîme dans les eaux, lorsqu'elle s'avance
pour y entrer : alors son désespoir est au comble ; elle

veut fe précipiter dans les eaux, & les Divinités
bienfaifantes s'oppofent à fon défefpoir.

LES DIVINITÉS.
Pyrrha, fufpends ce tranfport.

PYRRHA.
Non, laiffez-moi mourir, je n'ai plus d'efpérance.

LE CHŒUR.
Avant de décider ton fort,
Vois l'objet que les Dieux t'offrent dans leur clé-
mence.

SCENE VI.

*APOLLON paroit dans les airs ; les Divinités de la
mer fortent des eaux ; elles amenent Deucalion, quel-
les ont fauvé de la mort. Une harmonie douce & brillante annonce la préfence des Dieux.*

PYRRHA.
O prodige, ô faveur, mes vœux font entendus!
Inefpéré bonheur! Ah! célefte Puiffance!

CHŒUR.
Il eft des Dieux, Pyrrha : l'amour & les vertus
Ne font point fans récompenfe.

DEUCALION & PYRRHA font rejoints.

DUO.
O délicieux moment!

Unique objet de mon cœur qui t'adore !
Je mourois, hélas ! en t'aimant ;
Et je renais pour t'adorer encore.
Arbitre des Dieux & des Rois,
Toi dont l'univers eſt l'ouvrage,
Du bonheur écoutes la voix.
Il n'eſt point de plus doux hommage.

Jupiter deſcend avec les Dieux de l'Olimpe.

JUPITER.

Par ces Dieux que vous honorez,
Les maux de l'univers vont être réparés.
Dieux des arts, donnez à la terre
Des peuples dignes de nous plaire.
Rendez les mortels plus parfaits.
Que ces climats repeuplés s'embelliſſent,
Que ces tendres amans jouiſſent
Du ſpectacle de nos bienfaits.

Le Théâtre s'embellit ; des Génies paroiſſent occupés de tous les arts. Pluſieurs d'entr'eux transforment les rochers qui reſtent ſur le devant de la Scène, en ſtatues.

DEUCALION & PYRRHA *admirent ces figures.*

Déja nos traits & notre image
Se font appercevoir ſur ces rocs transformés,
Mais ils ſemblent inanimés.

*L'Amour s'approche, leur donne des flambeaux & s'adreſſe
au Génie des Arts.*

C'eſt à l'Amour d'achever votre ouvrage.

Les ſtatues s'animent, l'Amour termine la fête.

Par les Arts & l'Amour, tout charme, tout reſpire;
Fixons ici notre empire;
Et qu'un peuple chéri reçoive en ce ſéjour
Sa gloire des Beaux-Arts, ſon bonheur de l'Amour.

F I N.

Lû & approuvé, ce 15 Avril 1772. MARIN.

Vû l'Approbation, permis d'imprimer ce 16 Avril 1772.

DE SARTINE.

Fautes à corriger.

Page 12, ligne 18, *promis*, liſez *promiſe.*
Page 28, ligne 22, l'attendrois-je, *liſez* l'atteindrois-je.
Page 30, ligne 15, l'efface, *liſez* s'efface.

Imprimé en France
FROC031229230919
22213FR00021B/472/P

9 782329 315355